울고 싶을 때 우는 남자

울고 싶을 때 우는 남자

초판발행일 | 2014년 12월 24일

지은이 | 권영모
펴낸곳 | 도서출판 황금알
펴낸이 | 金永馥
주 간 | 김영탁
편집실장 | 조경숙
주 소 | 110-510 서울시 종로구 동숭동 201-14 청기와빌라2차 104호
물류센타(직송 · 반품) | 100-272 서울시 중구 필동2가 124-6 1F
전 화 | 02)2275-9171
팩 스 | 02)2275-9172
이메일 | tibet21@hanmailnet
홈페이지 | http://goldegg21com
출판등록 | 2003년 03월 26일(제300-2003-230호)

값은 뒤표지에 있습니다.

ISBN 978-89-97318-93-3-03810

울고 싶을 때 우는 남자

권영모 시집

황금알

　　나는 늘 웃으면서도 가슴속엔 꿈을 꾸고 살았다. 그 꿈이 이루어질 때를 늘 갈망하면서 꿈속을 헤매듯 목말라 했고 이루지 못할 꿈이었기에 슬퍼도 슬퍼할 수 없었다. 부모 형제의 영향으로 유년기부터 서예, 시조 등을 접하며 성장을 하였으나, 꿈은 꿈으로 만족해야 했다. 가정을 꾸려야 하는 가장으로서 일하면서 살아가는 동안 글쓰기와 점점 멀어지는 만큼, 안타깝게 글에 대한 욕망만 커졌다. 그 열병 같은 짝사랑이 깊어질수록 시가 목말랐고 어느덧 내 손끝에서 시가 나왔다. 이 부끄러운 글이 곧 나의 분신일 것이다. 그러나 나는 이러한 것들을 사랑하고 쓸 것이다.

2014년 겨울

춘파(春坡) 권영모(權寧模)

차 례

1부

2부

3부

4부

1부

너

네가 있어
난 살아가는 거고

함께 있어
난 행복한 거야

너와 함께라면

네가 있어
지금까지 오는 길
행복이었고

네가 있어
가는 길마다
설렘이었네

너와 함께
가는 길이라면
어디든 두려워 않고 함께 가겠네

그리움 1

그리워서
낙엽 뒹구는 소리에
님의 발자국 소리인 양 한없이 따라 걸었네

하루하루 가슴에 묻는 시간들
그리움은 떠나질 않네

행복하든 불행하든
꿈꾸듯 흐르는 게 세월이기에
그 흐르는 세월 속에 더해 가는 그리움

오늘도 또 한 잎을 가슴에 지닌 채
그 그리움은 허공을 헤매네

그리움 2

낙엽 떨어지듯
언제인지 내 마음에서 떠나 버린 너

그 낙엽이 망령이 되어
그리움 노을 된 이 가슴에 눈물이 고인다

기다리는 설렘
아직도 찻잔에 피어오르듯 떠오른다

붉은 노을 되어
언제 떨어질지 모를 몰골을 하고

지금 깊어가는 시간
그 그리움만 안은 채 눈을 감아 본다

그리움 3

꿈을 꾸듯
지난, 버린 시간이 자꾸만 그리워 오네

다 누려 보지 못했던 시간
작은 가슴에 가두고 시간 여행을 떠나 본다

미워했던 얼굴보다는
그리운 얼굴, 시간이 다가오고

세월 속에 묻혀 있던 그리움이
파도 되어 가슴에 밀려온다

산다는 것이, 살아가는 것이
별것 아닌 사랑이란 것을

한해가 또 삼켜 버리는 날들 앞에
저 멀리 떠나려는 사랑

내가 날 버리지 못하는 날
그 버리지 못하는 사랑
그리움만 간직한 채…

그리운 님

생각만
조금만 생각해도
가슴에 밀려오는 그리움에
먼 하늘만 바라봅니다

생각만
조그만 얼굴
넓은 가슴을 가진 당신
밀려오는 보고픔에
두 눈이 벌게지도록 그리워만 합니다

생각만
그리워도 말 한마디 하려 들지 않고
묵묵히 기다리는 당신
그 애처로움에 내 가슴은 늘 움츠러듭니다

생각만
아름답던 추억만 먹으며

그 사랑만 당신께 각인시킨 채
몸은 멀어져 버린 이 마음은 슬퍼만 옵니다

생각만
사랑하오, 사랑하오, 영원히
이 육신 다할 그날까지

그리움에

웃으려 해도
눈물이 흐른다
이 작은 가슴을 간직하지 못한 채
빗방울 부딪치는 창가에 기대
모아 흐르는 빗줄기처럼
내 가슴에 흘러내린다

낮게 깔려 흐르는 물안개
선율을 타듯 따라 흐르는 물줄기
난 이미 그 그리움에
망망대해를 헤맨다
사랑만 간직한 채…

님 그리며

당신과 나의
영원한 사랑 위해 타오르던 모닥불이
당신이 떠났기에 꺼졌습니다

이젠
나 나름대로 외진 길을 가야 합니다
가다가다 지쳐 쓰러지면
몰려온 소낙비 날 깨워 주리라 믿고
못다 한 아쉬움 가슴에 지닌 채

그 미련에 가슴 아파 또 하나의
눈물이 떨어진다 해도
나는 묵묵히 떠나렵니다
아름다운 사랑을 품은 채로…

사랑 1

사랑이었어
잊혀지지 않는 것이

이별이라고 말할 수 없었지
네 곁을 떠나지 못할까 봐

가슴 한구석 너의 아픔이 더 커질까
아니, 내 가슴이 두려워

텅 빈 공간처럼 방황하듯
너를 그리워하는 아픔이

얼마나, 아니 삶이 다하는 날까지
간직하며 살았으면 좋겠다
그리워하며, 눈물도 흘리며…

사랑 2

내가 널 사랑할 수 있는 것은
바로
내가 사랑하는 모든 것까지도 사랑하기 때문입니다

내가 널 더 사랑할 수 있는 것은
널 사랑하는 것으로
나의 행복이 충만해지기 때문입니다

내가 널 더 사랑할 수밖에 없는 것은
너의 모든 삶이 더해진 내 삶이기 때문입니다

내가 널 사랑할 수밖에 없는 이유는
내가 숨쉬기를 다 할 때까지
너의 모습을 그리워할 수 있기 때문입니다

사랑합니다
나의 행복을 위함이기 때문입니다

사랑 3

자그마한 것
감동이 없는 건 사랑이 아닙니다

조금의 아픔
가슴이 아프지 않은 건 사랑이 아닙니다

기다림 없는
애타는 마음 없는 건 사랑이 아닙니다

아플 때 내 마음은 더 아파야 하고
작은 기쁨에도 행복한 내 마음
늘 기다리며 행복해하는 나를 발견할 때

사랑, 사랑한다는 것은
나를 버리는 용기입니다

사랑하십시오
가슴이 따뜻해져 옵니다

사랑 4

다가온 듯
떠나 버린

떨어진 시간 속
내 가슴은
그리움에 지쳐 할 뿐

또 그렇게 다가오듯
매일 반복되는

그래도 내 가슴은
당신을 이렇게 그리워합니다

사랑 5

내가 이토록 아파하는 것은
날 달래려는 게 아닙니다

이미 닿을 수 없을 만큼 멀어져 간
그대…
아파하리란 착각뿐

그 시간이 또 찾아와
스치듯 지나가도
아마도 난 술에 취해 버린 듯

그 시간을 위해
두 눈을 감고 먼 허공에 상상의
여행을 떠나렵니다

머릿속에 가득한
그 아름다움을 간직하고 말입니다

나만의 사랑

오늘도 눈을 뜨며
사랑하는 이의 곁으로 갑니다
나 나름대로 행복을 찾아서

그가
날 사랑하든 안 하든
난 늘 그의 곁 그의 숨소리마저도 사랑합니다

사랑은
아마 조건과 의의가 없는가 봅니다
그러기에 내 깨어 있는 시간들은
그를 그리워하는지 모릅니다

육신은
멀리 떨어져 있어도
마음은 늘 함께하니 말입니다

8월의 뜨거운 태양처럼 뜨거운 사랑도 아니면서
사랑합니다

사랑하는 사람 1

난
당신이 처음부터 좋았어

근데 살아 보니 당신이
정말 더 좋아

어쩌지?

사랑하는 사람 2

나 그대의 가슴에 기대어
변함없는 그 향기에 취해 보네

오랜 날들 화려하지도 초라하지도 않고
내 마음을 간직한 사람

없어도 있는 듯, 있어도 없는 듯
그러며 바라보는 사람

짧은 시간 삶의 한켠에
우두커니 서 있다 떠나갈 사람이련만

그 향기에 오늘도
두 눈을 살며시 감으며 취해 간다네

부족한 사랑

그대 가슴을 채우지 못하고
부족함으로 뭉쳐진 내 사랑

사랑하며
더 사랑하며 살려고 채근하지만
그러나 또 똑같은 삶의 수레

사랑합니다
나 자신에게 또 약속해 봅니다
당신을 사랑함이 불같은 사랑은 아닐지라도

사랑합니다
내가 바라볼 수 있는 날까지
늘 바라보며 사랑할 수 있는 사람아

못다 한 사랑

내 마음에
날개라도 있었으면

그리운 사람
그리운 사랑
잊을 수 없으련만

모두가
희미해져
추억이 되고 말아 버린

지친 마음은
그리움만 간직한 체
쌓여 가는 낙엽과 함께 묻혀만 가네

한켠에 쌓아 두었던
소박한 사랑마저도
다 지켜내지 못하는 초라한 사랑

내가 사랑하는 조건

다른 이들은
조건 없는 사랑을 한다고들 한다
그러나 난 조건이 너무도 많다
그래도 작은 듯싶은…

안 보면 그리워해야 하고
제일 가까운 친구가 돼야 하고
미워하며 싸움도 해야 하고

사랑하는 이로 하여금 많은 만족과
보람을 느낄 수 있고
안타까움에 눈물을 흘려 줘야 하고
그 아픔에 더 아파해 줘야 하는 조건이 있다네

조건 없는 사랑
난 싫다네
이젠 하나 더 아파도
늙어도 안 되는 조건이 있다네

사랑하는 이라면

사랑하는 이를 위해서라면
아픈 가슴을 늘 감추고 산다

그 아픔을 헤아리지 못해
가슴 어루만지며 혼자 눈물짓는다

그 눈물, 눈물을 돌아서 훔치련만
타는, 아픈 가슴은 변하질 못하네

좁은 속내 드러내지 못하고
늘 가슴에 지닌 채 살다 보면
또 잊는 날이 다가오네

내가 살아가는 동안
늘 아파 와도 또 그렇게
사랑하는 이를 사랑하며 살려네

사랑하는 연인

스치는 향기에
코끝이 따라간다

당신에게 빠진
두 눈은 당신에게서 떠나지 못하고

날 헤아리는 그대의 모습에
내 마음 당신 속으로 빠져듭니다

지쳐 버린 가슴에도
그대 향한 목마름으로 헤매고

차갑게 식어 버린 한겨울의 대지에도
뜨거운 그리움으로 내 가슴은 녹아간다

사랑합니다
설레는 이 가슴 멈출 때까지…

사랑합니다

사랑합니다
미쳐 버리도록
하루도 못 보면 안 될 그런 사랑이 아닌
꼭 그 자리에 있어야 할 당신을

사랑합니다
매일매일 내 손에 닿을 곳에 있는 당신을
날 불러주는 그 자리에 있어야 할 당신을

사랑합니다
그 자리가 비어 있다고
생각 안 해 본 내 생각을
항상 믿게 한 당신을

사랑합니다
언젠가 당신을 두고 가야 할 나이기에
당신이 아파할 그 가슴을 더 사랑합니다

기다림 1

언제나
그 자리에 먼저 서 있다
나 혼자 설렘을 더 오래 간직하려

시간에 쫓겨
서두르다 뛰듯 만남은
왠지 나를 버리듯 만남 같기에
시간을 음미하듯 기다림을 즐긴다

기다리면 언제나 다가오듯
사랑도 그리움도
늘 변함없는 자리의 기다림으로
언제나처럼 설렘으로

어느덧 기다리다 지쳐 백발이 되어 버린
처진 어깨만 원망하며 물끄러미 바라보네
그 그리움으로…

기다림 2

봄이 오면
따스한 아지랑이 속에서
당신이 찾아오길 기다렸습니다

꽃잎은 발레를 하듯 떨어져
이미 초원의
주인이 먹어 버린 날들

더위에 지친 채
당신을 기다립니다
한여름날의 거칠게 퍼붓고 가는
빗줄기를 타고 내려와 날 찾는
당신을 말입니다

첫사랑

오늘 밤에도
꿈을 안은 채 잠에 든다
이미 당신에게서 상상의 나이련만

지워져 이미 어디인지 모를
머나먼 길로 벗어난
나를 망각한 채

사랑은 내 마음에
말없이 흐르는 강물처럼
언제나처럼 흐르는, 아니, 간직한

지금은 서로의 먼 여행을 떠나듯
멀어진 이 육신을
오늘 또 잊은 채 살아가는지 모른다

또 다른 날
또 다른 모습으로

지난 시간들을 잊어버리고

아름답던 그날들
그 시간들을
회상回想하며…

그리워할 사람

기다릴 사람이 있어
행복하다는 것을
그리워할 사람이 있어
행복하다는 것을

모르며 지낸 시간들이
아쉬운 날들이었다고 느끼는 날은

모두 내 곁을 떠난
황량한 삶일지 모른다

날 기다리며, 보고파 하며
행복해하는 이가 얼마나 될까

이 짧은 질문에
손가락 다섯 개도 펴지 못하는 나 자신

더 사랑하고 더 기다리는 행복이
더 많았으면 좋으련만

2 부

너라는 존재

너라는 존재

이 시간이
정말 좋아라

네가 이대로
내 영원이면
더 좋아라

나는

햇살을 먹고 사네
따스한
따스한 손길이 담긴

사랑을 먹고 산다
눈망울
눈망울에 가득 담긴

그리던 사랑
그 향기가
내 마음을 향하는
흩어져 날리는 차가운 바람에

문득 떨어져 있어도
간직한 소중한 사랑
소스라치게 놀란다
내 마음의 눈동자에…

나

나는 누구인가
나는 뭘 그리며 사는가

나는 왜 나를 이토록 모르는가
세상에 빠져 세상사에 찌들어 버린
내 모습 왜 이토록 초라해지도록 나를 찾지 못하는가

여름을 재촉하는 비가 얼마를 내렸는지
물줄기를 만들어 흘러내리는데 벌써 움푹 패어 버린
흔적들
언젠가 나 자신도 한 줌의 흙이 되어 씻겨나갈 처지련만

당장 세상 재미에 빠져 나를 찾지 못하는 나
오늘도 가슴을 적시는 그 슬픔만 간직한 채
시간만 죽이고 가네

나의 꿈

나는 날마다 난다
옥죄는 세상에 묶여 있다
나는 난다

틀과 모든 제약을 털고
자유를 찾아 난다
잠시 현실의 굴레를 잊기 위해
몸과 마음을 속박하는 세상을 잠시나마 잊기 위해

틀에 박혀 버린, 메여 버린 날들
발가벗고 보는 이 없는 저 세상을 잠시 난 난다
사랑만 존재하는 세상으로
난 난다, 꿈속에서…

내 생각

참을 수 있다는 것이
바보 같을 순 있어도 좋다, 나는
바보같이 웃는다고 욕해도
웃을 수 있어서 좋다, 내 마음은

톱니바퀴 하나쯤 빠져 돌아도
돌아가는 기계가 뭔가 불안해 보여도
떨어질 듯 많은 짐을 실은 낡은 수레도
꼭 꿰맞춘 기계 같은 삶의 시간보다
조금은 부족해도 여유 있는 시간이 좋다

빈틈없이 조여 오는 시간들
빈틈없이 쌓아올린 마천루의 아름다움보다
초라하지만 양지바르고 흙냄새 나는 그곳이
고향이라선지 난 좋다
사람 냄새 풍기는 그곳 말이다

내 마음

누군가에게
내 어깨를 내줘 쉼터가 될 수 있다면
난 행복하겠네

누군가에게
내 무릎을 내줘 편히 쉴 수 있는 자리가 된다면
난 정말 행복하겠네

우울해 울고 싶다가도
간신히 마음을 추스르고 나면
나를 늘 원망만 하네

누군가에게 기대기를 바라는 약해빠진 맘을…
지쳐 있는 이에게 힘이 돼야 함에도
늘 기대고픈 마음
늘 책하려 들지만 또 잊고 마는 이 마음
달랠 길이 없네

내 마음의 행복

노터우老頭는 중국에서 부르는 노인
검정 색깔의 머리가 하나둘 변하듯
파란 잎의 기운이 빠져 버린
산마루마다 아름답다

내가 늙어가는 날들을
모든 사람들이 아름답다고 볼까마는

내 마음
내 마음은 타오르는 단풍처럼 아름답다
기운 없이 빠져 버린 색깔들이련만
지난 시간들이 아름답지 않은가

내 가져온 것 없고
내 가져갈 것 없는 삶
내 마음에 행복을 간직한 채 살아가는 시간들

아, 아름다운 가을날 같은 인생 아닌가
내 마음속에…

난 행복한 사람

내가 살아 있는 것은
나를 찾는 이가 있다는 것이다

내가 나를 치부하고 알린다 한들
찾는 이가 없다면

눈감고 헤아려 본다
내가 그리워하고 날 그리워하는 이를

난 행복하다, 살아 있다는 것이
아직은 내가 좋아해야 할 사람이 많다는 것에…

비록 초라하고 자랑할 것 없지만
아직 내 가슴은 따뜻하고 울어 줄 수 있는 여유가 있기에…

나 자신이

내가 아파하는 동안에
당신의 힘들고 아파하는 것이 치유된다면
난 얼마간이라도 아파할 수 있으련만

내가 당신을 사랑하는 마음에
하루하루를 버틸 수 있다는 것을
당신이 알아준다면 난 얼마나 행복할 수 있을까

이런 모든 생각이 아마도 나 자신을
나 자신을 위함이련만
나 자신은 날마다 나를 망각한 채 살아간다, 부질없이

나만 바라보기를, 내 중심이기를
버리자, 올해를 떠나보내며

이젠 내 중심에서 우리들 중심이 되길 바라며…

내 마음의 벽

벽을 허물 것인가
내 마음의 벽을
어설픈 주장으로 무장한 채
모든 것은 숱한 장애물로 여기고
벽만 더 튼튼하게 만들어 버린 마음

미워하기보다는
그 벽에 가려진 마음을
그토록 허물지 못하는 나 자신에 놀라
자신을 바라보듯 한동안 자책하기도 한다

무엇일까
무엇 때문에 나만을 고집할까
조금만 버리듯 참으면 그만인 것을
그래, 내일은 허물자
내 마음의 벽과 우리 모두의 벽을
사랑으로…

날 사랑하는 이유

내가 날 사랑하는 것은
모든 이들을 사랑하기 때문이오

내가 날 사랑하지 못하는 그날
조용히 눈을 감아 봅니다

밀려오는 상상에
그만 눈물을 흘릴 뿐

내가 날 꼭 사랑해야 하는 이유는
아직도 내가 사랑해야 할 사람이 많다는 것입니다

먼 훗날 내가 날 사랑하지 않는 그날은
홀연히 떠나는 그날이라 생각합니다

무명無名

이름 없는 사물의 흔적 없이 살다
나 가고 없어도
또 다른 날
또 다른 님
이 자리를 다른, 같은 모습으로

나 혹 찾아 주려나
잊혀지지 않는 이름 중에 끼여

아니, 아파했던 날들을 잊으려 들지도
살아가면서 지워지지 않는 이들의
그 이름들이 머무르고 있듯

남아 있는 날들
세상 풍파에 변색하듯 살아가는 날이어도
난 오늘처럼 살아가리라

바보처럼

주기만 하는 것이
행복이란 걸

또 잊어버리곤
슬퍼합니다, 내 작은 소망 하나에

얼굴을 적시는
따뜻한 맘을 가지고 있다는 것만으로도
우리 가슴은 사랑으로 가득합니다

문득 잊어버렸던 사랑을
가슴을 조금 열고서 잊었던 시간을 채워 봅니다

사랑합니다
가슴을
조금 열고 말입니다

난 떠나렵니다

난 떠나렵니다
모든 짐 벗어 버리고

이제 떠나렵니다
세상 재미에 빠져 허우적대던 날들
지쳐 쓰러져 수없이 흐느끼던 시간
다 뒤로한 채

이제 떠나렵니다
떨어져 가는 연료에 기대여 연명하는 듯한 삶
두려움에 잠 못 이루는 날들을

편안히 눈가에 미소만 남긴 채
언제 떨어질지 모를, 말라 매달린 잎새의 위태로움처럼
그 어떤 기약도 않은 채

난 이제
떠나렵니다
모든 그리움 뒤로한 채로…

낮은 데로 임하는 마음

오르려 하지 않으렵니다
내 마음속에

유유히 흐르는 물처럼
날마다, 날마다 낮은 데로 행하렵니다

힘겹게 뛰어올라도 결국
힘없이 내려앉아야 하는 삶이기에

순리대로 내 마음대로
하루 이틀 그렇게 흐르다 보면

망망대해의 푸른 꿈이 기다리고 있기 때문입니다
누가 가라는 말 없어도 내 마음은 오늘도
어디든 거침없이 날리는 바람처럼
넓은 세상으로 떠나렵니다

망각

내 보이는 대로
내가 느끼는 대로
살아가는 것이 삶이련만

내 눈을 의심하듯
날 의심하며 살아간다

내게 주어진
나의 삶이라면

차라리
눈으로 받아
가슴으로 키우며 살아가련다

부끄러운 삶

한 장을 장식하듯
그 안을 어떻게 꾸밀 것인지
그 올해의 장에 어떤 그림을 그렸는지

먼 하늘의 숱한 별만 헤어 본다
바람은 차고 구름도 없다
푸른 하늘의 별에 가슴만 움츠린다

화려하기보다는
그래도 내용이 가득 찬
그런 날들의 한 해를 보내려 작심했건만

바람이 분다
움츠린 가슴을 움켜쥔 채 종종걸음을 한다
뒤도 돌아보지 못하고
또 다른 장을 위한 내 마음의 작심을 하고…

눈물

내가 가을을
오색의 붉게 타오르는 산야를
바람에 쓸쓸히 흩어지는 낙엽을 그리워했을까

아니다
나는
흐르는 시간 여행 중에 눈물을 원했는지 모른다

뒹굴어 지나간 그림자를 간직한 채
여름의 수마 웅덩이에 쌓여 있는 그 모습을 보며

울어 줄 수 있는 나는
그 울음을 즐기고 가는 중이다
허무하게 흐르는 세월의 변방에 선 채로…

그림자

내겐 나와 같은 친구가 있네

어떤, 어떠한 일에도
그는 내 곁에 있네

낙엽에 취해 마음이 떠나 있어도 육신을
그는 늘 지켜 준다네

세상의 번뇌와
세상사에 빠져 즐길 때도 그는 탓하지 않고 늘 곁에서
사나운 세상을 함께하련만 불평 들은 적 없다네

지쳐 쓰러진 자리
누가 찾지 않는 그런 날들마저도
그 존재를 기억하지 못할지언정 곁에 함께한다네

훗날 그는 내 곁을 떠날 준비를 할 때
나도 그를 따라서 아마도 떠날 걸세
우리는 그만큼 가까운 친구이기 때문이라네

다 읽은 한 권의 책

한 장, 한 장을 넘기던 시간 속에
사랑, 행복, 아쉬움만 담겨 있네

두껍지 않은 12페이지
사연은 장편 소설보다 많으련만

오늘 또 덮으려니
수많은 사연이 머리를 혼탁하게 만드는 시간

새 책을 받아드는 설렘으로
부족했던 아쉬움을 덮어 두려 하네, 더 나은 날들을 위해

또 같은 실수들이 연속된다 해도
새 책을 받는 즐거움과 행복 첫 장에 많은 구상을 해 보네

그 첫 장엔 행복이 몰려오네
모두를 사랑한다는 기쁨에…

내 죄를 사하소서

아버지
또 한해가 떠나려 합니다
왼손이 한 일을 오른손이 모르도록
선행을 베풀라 하여 노력을 해 보았어도
또 다하지 못하고
부끄러운 가슴을 한 채로
이토록 초라히 또 보내려 하고 있습니다
어찌하오리까, 이 마음을

아버지
그럼에도 부족하고 부족한 미천한 이놈을
또 용서하심을 어떻게 받아들여야 할까요
더 잘해 보라고?
올해보단 덜 부끄러움을 간직하고 살라고?
완벽하진 못할지언정 덜 부끄럽게 살겠습니다

아버지
부족하고 미천한 이놈의 가슴에

더 큰 사랑을 더 베풀 수 있도록
더 큰 힘을 주시고 책하여 주십시오
부끄러운 한 해를 보내며
세상에 빛은 되지 못할지언정
아름다움과 따뜻함이 있다는 사랑은 남기도록 말입니다

날마다의 그리움

그렇게 헤어져
또 그렇게 만나는 것이

헤어진 시간 그리워하지 않았어도
새로운 만남이 더 설렌다

쓸쓸히 내 곁을 떠나
아침이면 내게 다가오는 것을

내 마음은 왜 다른 것인가
날마다 같은 풍경이련만

아마 내 곁을 떠나 있어도
그대 그리워하는 마음뿐인 것을

희끗희끗 쉬어가는 내 모습을 보고서야
아, 그리움이구나 느끼나 보다

비 오는 날에

얼마 만인가
이토록 오랜 시간을
비를 맞아 본 기억이

아차산 입구
비 내리는 두붓집은 앉을 자리가 없다
오래 묵은 친구와 막걸리 몇 대접 담고서
초여름 비 접하기로 맘먹고
아차산 지나 용마산 능선 따라 망우산까지
두어 시간을 걸었다

더러는 판초를 뒤집어쓴 이도, 우산을 든 이도
비를 음미하고 지나들 간다
많은 생각이 교차하는 시간들
그래도 돌아보면 그리움만 남는다

비 오는 아침

비가 내리네
잔뜩 찌푸린 얼굴을 하고서

비가 내리네
내 가슴에도

이 비가 그치면 내 마음도 저 하늘처럼
파랗게 밝아질지 한참을 생각하네
가슴에 지닌 숱한 아픔을…

내 가슴에
이 비가 그치면
지난날의 아름답던 꿈과
지난날의 사랑만 간직하고…

비와 가슴

많이 내리네
넘쳐흐르도록
내 가슴에도 스며 흐르네

깊게 파여 버린 삶의 흔적 속
겹겹이 쌓여 있던
숱한 사연이 씻기어 가네

무너져 내릴 듯
험한 몰골을 한 하늘 보며

씻겨 간 자리
사랑이 싹트네

눈이 내려 슬픈 밤

커튼 사이로
하얗게 함박눈이 내려 쌓여 있네요

어둠이 찾아오길래 늘 하던 대로
어둠을 가려 놨는데

내 잘못도 아닌 것을
귀가 따갑도록 들려오네요

첫눈이 왔는데
난 금세 몹쓸 사람이 되어 버린걸요

어둠이 찾아온 길
그 틈새로 어둠을 하얗게 덮어 버렸네요

하얀 눈빛 그 위에
아이들 웃음소리 멀리 들려오는 밤

난 그렇게
늙어가는 마누라 덕에 나쁜 영감 되어 잠을 청하네요
하얀 밤을 뒤로하고…

내 마음에 내리는 비

기다림인가
메말라 갈라진 가슴에
오늘 비가 내린다

타는 목마름 씻고
흐르다 멈춘 자리엔
내 마음의 웅덩이 되어

아,
사랑의 그리움인가
떨어져 흐르는 물방울 소리

내리다 멈춘
아차산엔
물안개만 피어오르네

고향

명절날 아침 한잔 술에
마음만

고향 언덕과 사랑하는 얼굴이 마음속 폭풍이 되어
언제부터인가
그리움을 억제하지 못하는 날들

어디에 사는지 무엇을 하는지
그 고향을 그리워하는지
그 그리움에 눈물을 흘리는지

오늘에서야
그 그리움에 먼 고향 하늘을 바라만 본다
한 치도 양보 없는 전쟁 같은 귀성길
그리움 찾아가는 길은 사랑, 행복

먼발치에서나마
가슴 설레는 마음으로
옛 고향 하늘을 그리워하며 그 사랑을 이렇게 남긴다

고향길

밤안개 가득한
호젓한 고향 마을

옛 상념에 잠겨
한없이 걸었지

가에 휘휘 늘어진 능수버들은
가지를 뻗어 반겨 주는 듯하네

자욱한 안개 산천을 뒤덮고
보이는 흔적마다 그리웠던 내 어릴 적

흙냄새 옛 친구 오간 데 없어도
여기가 내 고향이네

고향 생각

벌레 소리에도
난 눈물이 흐른다

머나먼 고향 하늘, 저 하늘을
물끄러미 바라보다 한 손은 한 줌씩 훔친다

흘러내리는 그리움, 그리운 친구 머나먼 고향 하늘에
잠시라도 마음만 친구를 찾아 떠나 본다

대폿잔에 시간 가는 줄 모르고
흐느끼듯 마음만 서로에게 흐르고

정겨운 모습, 까만 고무신, 노란 벤또
둘러맨 보자기 눈 감으면 보인다

봄 하늘에

잠시 머물다
떠난 자리도

허공에 내 마음 날리어 흩어져
그 머문 자리엔 그리움만 맴돈다

또 만날 기약 없는 이별이
어쩌면 더 큰 행복일지 모르기에

기대하지도, 가슴에 묻고 사는 삶이기에
그 그리움에, 그 자리에 서 있을지 모른다

아, 지나간 날들을
그리워하며 사는 것이
오늘을 보내는 지혜인가 싶어서…

봄 하늘에 그림 그리기

하늘에
하늘에 그림을 그리려네
사랑, 그리움, 세상사를

잠시, 아니 눈감았다 뜨면
다 지워지고 마는 한 폭 속에
상상의 날갯짓을 하며 살아가려네

더 넓게 펼쳐지는
그 자연의 재료로 삼아 꽃잎술 한 장, 한 장
주워든 손으로…

사랑, 그리움 세상의 모든 아픔까지도
황사 낀 봄 하늘을 깨끗이 지우고
꽃잎을 재료 삼아 그리고파
한 잎, 한 잎 붙여 모아 환상의 나라로 꿈꾸며 간다

별것 아닌 정치인들

살면, 살면
얼마나 더 산다고

따스한 봄날 많이도 달군다
한 번의 몰아침으로
힘없이 쓰러질 삶인걸

그놈이 그놈이고
그년이 그년인걸
입만 크게 벌리고 잘난 척들은…

먹으면 얼마나 먹겠다고
남의 입에 든 것까지
빼앗아 버리는 추한 것들

올봄 바람도
또 저렇게 더워만 가는데
별것 아닌 입만 커버린 못난 놈들

낙엽 떨어지는 10월에

새벽
아차산에 오르다 소스라치게 놀라고 말았네

더위가 사라진 지 몇 날이 됐다고
이슬의 무게를 견디지 못하고
떨어져 버리는 낙엽 소리에

잠시 삶을
뒤돌아보네

아, 나의 두 어깨도
아, 내딛는 두 발길에도 점점…
나 자신 떨어지는 낙엽처럼 그 두려움에…

텅 빈 가슴 어루만지며
낙엽을 멍하니 바라보고 말았다네

광진교에서

광진교
광진교에는 특별한 것이 많다

한 번쯤 걷고 싶다
사랑하는 이와 손잡은 채

푸른 정원, 서울 한강의 최상류
테마가 있고 맑은 물이 흐르는 곳

다리 위엔 두 개의 신호등도 있다
보행자를 배려한 공원의 다리

자동차의 제한 속도는 30km다
무심코 신호에 잡혀 몇 초 동안이나마 질서를 본다
모든 차량은 신호는 아랑곳하지 않는다, 잘들 간다
스피커 달린 행상 차량이 멈춘 후에야 다들 멈추어 선다
무언의 약속인 신호 하나도 못 지킨다, 무언의 법인 것을
좋은 차들은 그렇게 간다, 오늘 한국 땅에는…

3 ^부

꽃샘추위

바짝 다가오려다
잠시 멈추어 선다

오랜 기다림
그 그리움을 간직한 채

피어오를 듯
터져 피어 버릴 자태를 하고 잔뜩 기다리는 망울들

오늘, 오늘을 기다리련만
시샘인지, 아님 질투인지 몇 날을 미루고 만다

어차피 피어
견디지 못하고 물러설 것을 끝내 아쉬워한다

꽃과의 대화

머나먼 여행길
난 그대 앞에 서서 당신을 바라봅니다
향기에 취해서
두 눈에 빠져서
가던 길 이대로 멈추고 말았습니다

당신은 왜
말이 없습니까
가는 발걸음 멈추게 해 놓고
흘러가는 바람에
아름다운 자태로
날 유혹해 놓고…

봄 1

봄은 오지 않을 것만 같은 날들
마음도 몸도 모두 얼어 버려
나 자신을 잊은 채 시간은 흘러갔네

거역하지 못하는 시간
내 귓전에도 봄의 소리가 들려오네
겨우내 얼어붙은 고드름을 타고
청아한 물방울 소리가

그 따스한 봄향기에
움츠린 가슴을 크게 펼친 채
지나간 시간 까마득 잊고서
피어나는 새싹마다 꽃향기에 마음은 묻혀 간다

사랑하는 이의 따스한 가슴처럼
아지랑이 피어나는 언덕에 누워
겨우내 감싸 두었던 몸뚱어리
살포시 자연에 까놓고 햇살에 그을린다

봄 2

나는 행복합니다
당신을 기다림이

헤어져 있어도
다시 만날 설렘에 행복합니다

당신을 기다리는 시간 속에
얼었던 대지 위 새싹들이 움트고

겨우내 얼어 버린 가슴
어느새 아지랑이에

내 마음은 이미 당신 가슴에 기대 있네
마음은 풋풋한 풀잎 향기에 취해…

봄을 느끼며

다가온다
피부에 와 닿는 느낌은
전보다 더 감미롭다

긴 겨울날이
지루해서일까
더 느끼고 싶다
풋풋한 향기를

양지바른 곳에서
더 누리고 사랑하련다
떠나기 전에

내 인생은 지금도 봄이다(뻥이다)

봄을 맞이하며

식어 얼어 버린 대지
따뜻한 아지랑이 피어올라
새 생명들이
움츠린 몸 털고
하나, 둘 세상 향해 기지개를 켠다

싸늘한 바람과 함께
떠나보내며 얼어붙었던 가슴마다
긴 기다림에 가슴 조이던
아지랑이의 포근한 그림자에 깨어…

봄날 아침에

커피 한잔을 책상머리에 놓고
먼 하늘을 바라본다

마음은 이미 자연에 휩싸인 채
맑은 공기 물소리에 눈을 감고

스쳐 지나가는 새들의 노랫소리에
쬐끔 눈을 떠보면

봄날의 초록 잎에 맺힌 이슬이
햇살에 조금씩 날아가 버리고

스며드는 햇살의 수줍음에
내 마음 상상의 여행을 떠난다

봄이 내 곁에

날 깨우고 있네요
웅크린 가슴에 비집고 들어와
아지랑이 향기를 전해 주네요

떠나보낸
비어 버린 자리, 자리하고
또 다른 너의 향기에
얼어붙었던 가슴에
스며들듯 찾아온

올봄에는
이름 모를 꽃잎
하나하나에 예쁜 시 적어
사랑하는 이들에게
노래로 전해 주겠소

봄 하늘

오늘 4월의 하늘
눈이 내리듯 꽃잎이 내려 쌓이네

머무는 시간 너무나 짧아
그리들 그토록 그리워하는지

세상사 생각들은 잠시나마 잊어버리고
모두가 두 눈으로 취해 버리네

날마다 좋은 것은 아니었기에
떨어져 쌓여 가는 꽃잎술들을
오늘도 세월 속에 담아 두려네

봄 하늘은

요술 부리듯
날마다 다른 얼굴로

내 마음을 사로잡기도
두려워하게도 한다

꽃잎술 가득한 향기의 포근한 하늘
그 끝이 보이지 않으련만

아지랑이 피어오르는 언덕에 누워
아낙의 봄향기 훔치는 모습에 한껏 취해 본다

봄 하늘 내 마음

내 마음을 말하려나
잔뜩 찌푸린
당장에라도 터질 몰골을 하고서

그렇게 울고 나면
언제 그랬냐는 듯 가라앉은 맘이련만

씻겨 내려간 자리
흐르는 눈물 자국만 남고
해진 마음은 하늘이 달랜다

봄 아지랑이
내일이면 피어올라
다시 따스함으로 나를 안은 채…

봄 언덕

봄 언덕은
아지랑이가 피어오른다
끓어오르는 물안개처럼

봄 언덕은
그 따스한 언덕에 꽃들이 피어나며
코끝이 찡해져 오는 향기를 가져온다

봄 언덕은
초록이 숨을 하며
긴 겨울 깊게 쌓여 버린 잿빛의 옷을 갈아입는다
　봄 언덕의 그 따스한 아지랑이가 도시에 찌든 우리를 유혹
한다
　냉이도 쑥도 캐며 쉬어 가라고…

봄비 1

비가 내린다
봄비가
마음속에 쌓였던
조금은 무겁던 겨울 그림자
떠나보내려나 봅니다
아무렇지도 않던 나뭇잎들도
봄비 더불어 날갯짓을 합니다
긴 겨울을 벗고 날아 보려는 듯
봄비가 내립니다
내 마음도 자꾸만 가벼워져 옵니다
무겁게만 느껴지던
털옷 한 벌 내려놓은 맘처럼…

봄비 2

간절함이 지나친 걸까
하얀 눈을 기다리는…

온통 눈으로 해를 보내고 봄까지 맞았네
아름다운 자연에 좋은 날들을 보내고
오늘 가랑비에 마음을 씻어 보낸다

길고 기나긴 겨울잠을 보내듯
문득 가랑비에 새싹 움트고
가지마다 맺힌 꽃망울을 바라보네

마음은 아직도 겨울인데
꽃은 그래도 피어나네
지난날들을 잊어버린 채

세상도 그랬으면 좋겠네

울고 싶을 때 우는 남자

TV속
슬픈 장면에도
아무런 이유없이 옆에서 울면
그냥 따라운다
울적해
엄마가 보고파도
큰이불 뒤집어쓰고 소리내어 운다
한참을 울고나면
왜 행복해 지는지
마치 마음을 닦아낸 것처럼

울보가 부끄러울 땐
자리를 못 가리고 우는 것
행복해서 슬퍼서
그래도
난 울고 싶을 때 울수 있어서 좋다.

비 갠 봄날

파전에 막걸리
젖어 버린 어젯밤

오늘 아침 내 마음은
맑고 기운이 난다, 덜 깬 술 속에도

눈이 부셔 자연에 마음 기대 보네
인간의 한계를 넘어서는 자연에

잔뜩 찌푸린 채 내리던 봄날의 이슬비
아침에 구름 사이 내민 햇살
내 마음 빼앗기네

꽃잎은 이슬비에 간곳없고
연초록의 새잎이 어느새, 아니 밤사이

어느 날 오는 듯 가 버릴 날이련만
오늘 이 아침이 행복합니다

비 갠 천마산

많은 이의 흔적이
깊은 골만 남긴 채

물줄기의 화음은 노래되어 흐른다
어딘지 모를 곳을 여행하듯

찢기고 넘어진 태풍의 흔적
어차피 잘려 간다

그래도 남아 있는 모두는 청청하기만 하다
삶의 순리이니 말이다

비 갠 날의 천마산엔
짙은 안개는 한 치 앞을 허용치 않으면서

살아남은 나뭇가지마다
눈물 머금은 채 바라만 본다

불을 꺼도 하얀 밤

멀어져 있어도 잊을 수 없어라.
깨어 깨어져 잔해된 자리
지쳐 쓸어진 작은 가슴엔
그대 향한 그리움만 쌓이어
밤은 밤이 되지 못하고
그 숱한 날을 원망할 지 모른다.
끝내 피어나지 못한
한송이 슬픈 꽃의 꿈이였기에…

형제, 자매

한 그루의 나무에
봄에 피어올라
여름의 푸른 청춘으로 살다
가을날의 멋드러진 단풍되어 지듯

형제자매로 산다는 것이
난 왜 이리도
부족한 인연 사랑의 실천인지
비록 헐벗지 않은 삶
더 사랑하고
더 베풀어야 함이 도리일진데
이렇게 아쉬움만 남는 가슴은 무었일까

떨어져 살아가는 시간이
자꾸만 잊어지는 것이라면
차라리 마음이라도 함께할 것을
살아야 하는 날이 자꾸만 작아지는 날들
내 삶의 시간이라도 쪼개어 내주고

더 사랑하며 살고 싶다.
내 형
내 누이여

5월

태양의 신이
모두를 달구어 가는 5월

아카시아 향에 취해
발길 잡아 놓고

축 늘어진 어깨
왜 이다지도 무거운지

앉으면 감기는 눈두덩은
무엇으로 받칠까나

점점 멀어지는
내 마음의 봄향기는
1년 뒤를 기약하네

5월 어느 날

지우면
가을날의 하늘처럼 푸른 모습은
갖지 못한 모습인데

울 듯 말 듯
잔뜩 찌푸린 모습을 하고서
내 마음을 자극해 온다

봄향기에 실려 오는 그리움에
내 마음은 젊음이 피어오른다
본연의 모습을 망각한 채

귓전을 스치는 봄 벌레 소리에
청정 녹음만 짙어 간다
난 봄바람이 싫다, 가슴이 뛰어…

9월의 마지막 날에

9월 마지막 날의 바람에
스쳐 지나가던 낙엽이 창을 노크하네

한 잎, 두 잎 그렇게 물들어 다 내려놓은 산천은
내 마음까지도 허전하게 만드네

낙엽이 진들 내 몸은 지지 않으련만
날리는 낙엽 소리에 내 마음은 무너져 내린다

붉게 물들어 가는 아름다운 가을을
모두 즐기며 어우러지는 날들을

그래, 가슴에 밀려오는 시원한 바람 따라
오늘도 또 다른 의미를 찾아 발길을 재촉한다

가을 1

떨어져 뒹구는 낙엽에
마음 설렐 시간도 없이
내 마음 낙엽 따라 멀어져 가네

사나이
낙엽 소리에도 무너져 내리는
슬픈 계절이련만

잠시도
머뭇거리지 못하는 삶의 수레에
날마다 초침처럼 살아가는 날들이
왜 자꾸만 눈물만 흐르는지

잠시도 그리워함을 소유치 못하고
기다려 주지 않는 시간들처럼

그리움도 사랑도 낙엽 따라가 버린 것을…

가을 2

난
어둠 속 낙엽 지는 소리에
식어 가는 마음 다스리지 못하고
내 마음 음미하듯 하룻밤을 지새우고 말았네

떨어져 떠나가듯
어차피 그런 것이 삶이련만

멀어져 가는 시간들을 되뇌며
싸늘해진 가슴에 모닥불을 지펴 본다
그리움, 사랑, 낙엽 위에 꿈꾸며…

가을날

높은 하늘에
깃털처럼 흩어져 흐르는 구름

철새도 무리 지어 날갯짓 재촉하고
쉬어 가는 호수엔 가득한 철새 무리

황금 들녘에
황금빛 노을에
아, 가을이구나

쌀쌀한 가을바람 허리춤에 스며들고
님 그리는 허전한 맘
가을 하늘 헤매네

가을 하늘에

여름날
어둠에 있던 세월과 함께
저 먼 하늘에 깃털이 되어 떠나고 있네
그림을 그리다 멈춘 가슴엔
어느새 낙엽이 쌓여 오네

다람쥐, 도토리 한 알 잡고
무슨 포식이나 하려는 듯 주위를 살피는 눈
똘망똘망 돌아간다

붉게 물들어 버린 그늘 낙엽 자리 깔고
먼 하늘엔 비어 버린 가지 사이
새털도 햇살도 그림자도…
내 가슴엔 파도가 인다

깊어가는 가을비에

아침이 오기 전에
어둠 속에서
깊어가는 가을을 재촉하며 내리는 비

빛바랜 잎새 힘없이 떨어져
가는 길마다
가을을 물들이네

힘껏 푸르러
힘차던 날은 가고
취해 쓰러진 삶의 뒷모습

눈감으며
떨어지는 낙엽 술잔에 드리우며
젊은 날의 그리움을 여행하네

겨울 이슬비

겨울의 회색 도시에
아침 이슬비가 내린다

어제 실컷 퍼마셔 아직도 속이 불편한데
막걸리 생각이 머리를 스쳐 가네

내 마음은 이미 올 한 해를 떠나보내는 섭섭함에
매일매일 아쉬움만 간직하고
먼 하늘을 바라보는 시간이 점점 늘어만 간다

차라리 하얀 아침이면 더 좋으련만
이 겨울의 새벽 이슬비
창밖엔 그리움만 쌓여 가네

눈 오는 천마산의 아침

잔설 날리는
아침 공기에
하얀 꽃이 피었네

울긋불긋 타오르던 그 자리에
아, 아름답구나
잣나무 잎 위에 쌓여 있는 하얀 눈
트리를 모아 놓은 거대한 장관이네

발자국 따라 오르는 정상길
가지마다 하얀 꽃입은 가지들
세상이, 이 천마산이 꽃으로 덮여…

아, 내 마음
내 마음에도 어느덧
꽃이 피어나는 향기가 나네
모두 사랑하는 사랑의 향기가

하얀 눈꽃
하늘을 닿을 듯한 산 정상에도
오늘 사랑의 꽃이 피었네

산

오라는 이도
가라는 이도 없네

그냥 있기에 찾을 뿐
속세의 모든 번뇌를 벗어 버리고
한 걸음, 한 걸음 정상을…

그 환희와 성취
아래를 내려다보는 상석의 자리
잠시 묵상하다

또 그 아래 내 자리로 돌아온다
뒤로한 세상사에 육신과 마음에 많은 저축을 한다

팔공산八空山

산자락에
낙엽 쌓여 가는 10월의 마지막 날에
불처럼 물들어 지친 잎들이 바람에 나뒹굴어 가네

순두붓집 송이 내음 가슴에 간직하고
길길이 돌아 사찰 속 목탁 소리
떨어지는 낙수 소리만 은은히 허공 속에
지친 다리 잠시 머문 그곳, 백년다원百年茶苑 향기에 두 눈
이 뜨였다가
피죽도 못 먹은 다방의 머슴은 돋보기 아래로 오는 님 반기네
국화 향기 찻잔에 반쯤 내 마음 담겼다 잠긴 두 눈 다시 추
스르고
방명록 구석 자리 이름 석 자 기명하고
해 넘기 전 팔공산 님의 품 같은
그대 모습 뒤로하고 노을 따라 차창 빛 바라보며
그대 향한 그리움만 남긴 채…

낙화

떨어진
자리에
비가 내리네

하얀
분홍의 꽃잎
비에 젖어도 아름다운 모습

뒹굴어 밟히면
썩어질 몸이련만
살랑살랑 봄바람에 춤을 춘다네

떨어져 뒹굴어 다 살아 버린 삶 같지만
따스한 봄이 오는 길 또 피어나는걸
우리네 인생 그 봄날을 그리워한다는 걸

떨어져 간 자리
자꾸만 뒤돌아보네

4 부

행복

친구가 울길래
그냥 따라 울었다

가슴속에
따뜻한 행복이 밀려온다

친구 1

난
난 말일세, 자네가
자네가 싫다네
다리가 하나 없든 뭔가 부족해 보여도
그런 친구가 더 좋다네

친구를 버리려고
말없이 떠나려는 자네
그런 친구가 싫단 말이네

이런 막말을 퍼붓는 나에게 한 방 날려 줬으면 정말 좋겠네
병실을 말일세, 발로 퍽 차고 나와서 말일세
한잔 마신 그 술잔으로 한 번 내려칠 그런 기운을 내란 말일세

지금 힘들어하는 자네를 볼 용기도 없는 나이기에
어느 날부턴지 자네를 생각하면 그 마음을
추스를 수 없는 나약한 내가 돼 버렸다네
오늘, 이젠 자네를 잊으려 한다네
자네가 찾아와 술잔을 권하는 날을 기다리며 말일세

친구 2

생각만 해도 가슴이 뛰는 그런 친구가 나에게 있네
지금
붓을 잡는 순간에도 난 앞을 볼 수가 없다네
생각만 하면 눈물이 앞을 가리기 때문이라네
지금
그 친구는 나에게 엄청난 죄악을 범하고 있다네
밤새워 패주고
밤새워 안아 주고 싶은 맘
어떻게 표현할 방법이 없다네
육신의 상처가 이미 너무도 깊기 때문이라네
지금 난 그 친구를 대할 수 없다네
그 누가 손가락질을 한다 해도 무슨 욕지거리를 해도
난 그를 볼 수 없다네
아파도 아파하지 못하고
바라보는 눈빛을 볼 수가 없어서라네
지금
지금보다는 하늘나라가 아름답다면
상처가 더 깊어지기 전에 편안해졌으면 좋으련만

친구
생각하기도 싫어지네
이렇게 괴로워도 내가 할 수 있는 건
고작 같이 울어 줄 수밖에 없다는 것이
너무나 사랑한 나 자신보다도
사랑했기 때문이라네

친구 3

난
너 때문에
그리워할 수 있어 좋다

난
너 때문에
마음을 열 수 있어 좋다

친구 4

친구야
어디서 어떤 모습으로
우리가 다시 만나도

지나 버린 모든 과거 다 잊어버린 채
난 아마도 친구를 안아 줄지 모른다

아직도 내 가슴에는
네가 자리하고 있기 때문이다

지나 버린 일들은 이미
작은 추억 속에 묻어 버린 채…

친구 5

친구가 더 아름다운 것은
머리가 하나, 둘 세어 가는 것일까

친구가 더 친숙해지는 것은
하나, 둘 쉬어 가듯 욕심을 버려서일까

친구가 더 그리워지는 것은
하루하루 흐르는 시간이 아쉬워서일까

어릴 적 노닐던 장소를 회귀하듯 찾아
친구를 만나면 무엇인지 모를…

난 어릴 적 기운이 넘쳐난다
아무런 이해가 섞이지 않은 조그만…

내 가진 것 다 주고 싶다
또 내일이면 그리워 온다

그리운 친구

그래
자네가 날 찾을 땐

그저
빈손으로 오게나
그리운 마음
그 보고픔 그것이면 되니 말일세

늘 헤어지고 만나거늘
그 소중한 마음이면 되지 않겠나
큰일도 없으면서 바쁜 것도 아닌 것을
왜 그리도 조급해지는지 자네를 볼 때면

그래도 섭섭하면
소주 두어 병 꿰차고 오게나그려

하늘 친구

친구는
먼 하늘에 있다
행복하단 말도 없이

환청이 메아리쳐 온다, 내 가슴속에
사랑하는 그 미소와 함께

친구가 그리움에 먼 하늘 바라보면
어느 별똥별 내게 다가오듯

그리운 친구
그 먼 하늘나라
행복했음 좋겠네

고향, 그리고 친구

가을걷이가 끝난
고향의 들녘을 지나
친구가 사는 그 집에 들으니
빈집에 똥개만 반겨 주네

제수씬 뒷산 달뱅이
마지막 콩 수확 풍구질에 메여 있고
그을린 모습 땀으로 범벅이고
비탈에 심은 배추며 무 실한 놈만 골라
겨우내 먹을 양식 빼곡히 실어 주네
열린 곡식 창고, 잡곡에 햅쌀 막무가내 실어 주네

고향의 향기만 실컷 취해 돌아오니
아련한 옛 모습들에 밤잠을 설치네

내 마음의 어머니를 위해

오늘
날이 너무나 좋소
나 오늘 백화점에 들러
화장품을 한 아름 사겠소
나를 위해 희생만 하는
내 어미를 위해
주름을 메우고 처져 버린 턱
깊게 파인 팔자주름 계급장 다 떼고
다 메울 수 있는 그런 화장품
다 산들 얼마나 되겠소
나를 위해 애쓴 것에 비할 수 없는
미미한 것인 것을
이미 떠나 버린 빈자리의
내 어미를 위해…

내 친구의 생일날

내 친구가 생일을 맞았습니다
천국에 얼굴을 내미는 첫 번째 생일
육신은 그토록 괴로워했는데 정말 천국으로 갔습니다

그의 생일에 다녀오니
몸은 만신창이가 되어 버렸습니다
그러나 행복합니다

그는 천국행을 분명 선택했기 때문입니다
아마 천국에선 그가 새롭게 태어남을
많은 이가 축하하고 있기 때문입니다

친구야,
생일 축하해
부디 그곳에서 안 아프고 행복만 해

송년회에 다녀와서

어릴 때 울던 목소리
반백의 친구 되어

지금도 떠오르는 아련한 얼굴
허망한 마음 추스를 길 없네

몇 장을 넘긴 세월 속에
고스란히 남은 것은 그리움 뿐이기에

소주 몇 배에
이미 과거로 와 버렸네

낄낄대는 모습들에
시간은 간데없고

돌아서는 뒷모습에
그리움만 안고 가네

나이

누가 먹는다 하였는가
먹으면서도
늘 아쉬움만 남는 것을

먹으면서 숱한 사연 중에
사랑하고 기뻐하고 슬퍼하며
어느덧 늙어 버린 나를 바라본다

이제 몇 권인지 모를 달력
아쉬움만 가슴에 지닌 채
올해도 마지막 남은 또 한 장을 바라본다

호랑이가 죽어 가죽을 남기듯
이 사람 숨쉬기를 다 하는 날에
그저 행복했노라고 말할 수 있을는지…

가는 길 중에

가는 길 동행이나 해 볼까나
지쳐 쓰러질 육신을 하다가도

그대가
권하는 술 한잔에 어느새 녹아 흘러내리듯
지쳐 버린 육신은 봄날의 눈처럼…

얼마나 가야 할지 모를 삶의 길 중에
가슴에 간직한 그대와의 인연 되어
또 찢겨 잊혀진다 해도

그래도 가슴에 지닌 채
어느 날 그대를 그리워할는지 알겠는가
삶의 길모퉁이에서 만나거든

그래, 굴러오며 벗겨진 흔적을 바라보며
지나온 사연을 안주 삼아
한잔, 한잔마다 술잔에 담아 마음으로 마셔 보세나

가르침

그는 울면서도
눈물을 보여주지 않았고

그는 빈곤하면서도
부족하다는 말을 하지 않았다

그는 지친 몸을 가지고도
힘든 표정 없이 몸으로 사랑을 표현하셨다

그는 내 어머니다
나도 그의 생각대로 살아가련다